글벗시선160 양영순 첫 시집

꽃이 피는 날

양영순 지음

도서출판 글벗

별이
쏟아지는 호숫가
빛이 물가에 앉으다
꼬부랑 고갯길
흘러와
아득한 늪
그녀 모습는
순간 어디로 갔나
밤 호수 파문이 오는
물보러
호 증치에 들어왔다
쏟아지는 별빛,
바라만 보아도 숨이
트인다

양영순글 호수
백미경씀

시집을 출간하며

취미 삼아 글을 쓴 것이 이렇게 시집을 낼 줄 정말 몰랐습니다. 이 기쁨 감회를 어떻게 표현할지요? 인생에 있어서 가장 중요한 건 누구를 만나는 가에 따라 결정된다고 하는 게 생각납니다.
글벗문학회를 만나 글벗 사랑으로 사랑이 꽃처럼 피어났습니다.
편집으로 애쓰신 편집 담당 선생님과 서평으로 힘을 주신 최봉희 회장님을 비롯하여 김성수 시인님과 여러 시인 선생님들께 무한히 감사의 인사를 드립니다.

자연을 접하면서 아름다운 글과 자연의 섭리를 알 수 있는 계기가 되고 말로 표현하지 못하는 것을 글로 표현할 수 있어 감사합니다.
마음의 희로애락을 이해하며 시로 표현하려 했습니다.
행복한 시간이 되길 소망합니다.

2022년 1월 저자 양영순 드림

차 례

제2부 가을비

제3부 장마

제4부 커피의 향기

제5부 한 쌍의 앵무새

제6부 글벗 사랑

제1부

봄소식

민들레

아름다우리 민들레 고운 꽃
섬세한 모습에 발걸음
멈춘다

아무렇게나 피어
따뜻한 양지쪽으로 고개를
살포시 내밀고 있다

포자를 퍼뜨리며
몸을 펼쳐 희생하는
민들레꽃

생명의 근원 모퉁이
조용히 사랑의 밀어를 속삭인다
내일을 향해

미선나무

희귀한 흰꽃과 분홍색
잎보다 꽃이 먼저 피는 희귀한
아름다운 이파리

봄 향기에 무르익어
봄바람 찬바람 세찬 바람도 겁내지
않고 유유히 향기 뿜는다

꽃이 지척에 쌓일 때
활짝 웃으며
그 꽃이 만개하리라

조팝나무

양지바른 산기슭
좁쌀을 튀긴 모습으로
붙어서 피는 꽃

올망졸망
다닥다닥
피어있는 모습

순수함의 상징 같은
하얀 꽃
무리 지어 피어있다

볼 때는 연약하지만
진실과 성실함으로
단정한 사랑

노력했는데도 헛수고로
물거품이 되지만
순백의 매력덩어리

복사꽃

산기슭
환하게 빛나며
예쁘게 핀 꽃

진실로 어여쁜 마음
모든 거짓된 것들은
사라져 버리는 듯

용서하며
사랑의 굴레를
벗어나지 못한다

신비로운
꽃분홍 연분홍 다홍색
아름드리 피어 있네

언제 보아도
보암직하고 먹음직한
개 복숭아

나는 영원히 당신의 것이요

꿀꽃

뒷동산 흔히 피던 꽃
그 꽃을 따다 먹던
그리움

보랏빛 향내를 맡으며
달콤함을 빨아먹던
우리들

꿀샘 있어 꿀이 나네
벌 나비 벌레를 통해
수분이 생기는 꽃이여

꿀 같은 달콤함의
사랑을 간직한다
그리운 임 향기처럼

벚꽃

비가 하염없이 내린다
단비가 하루종일
산허리를 둘러싸고
구름이 멈출 줄 모른다

꽃에 물든 비야
어찌 너는 멈출지 모르냐
벚꽃과 어우러져
빛을 발한다

봄바람에 휘날리며
흩날리는 꽃잎이
울려 퍼질 이 거리를
젊은 연인들이 손잡고 거닌 거리

봄을 장식하는 꽃
화려하지만
금방 지고 마는 아름다운 모습
장황하게 펼쳐져 있다

풍요로운 넉넉한 마음 꽃
춘삼월의 꽃이여
늘 그리운 것은 눈부신 분홍의 그 자태다

봄비

개나리 벚꽃 진달래 수줍은 듯
곱게 물드는 날
비가 힘없이 차창을 부비네
빗물을 머금은 개나리
수줍은 듯 고개를 숙인다.
노오란 색의 자태에 가냘픈 모습으로
우리들의 마음을 차분히 만든다

너무나 섬세하고 아름다운 개나리
노오란 자태가 봄비에 젖은 모습

벚꽃 망울에 덩그렇게 매달려
싱그러운 봄의 모습을 알리는
비에 젖은 벚나무도
주렁주렁 매달린 버드나무 가지에도
생명의 물줄기 조용히 스며듭니다

고마운 한 줄기의 생명을 생기로 가득 채우고
가물었던 날 들을
단비로 촉촉이 물들던 날
화사한 옷을 입고 수줍은 듯
고개를 내밀은 진달래도 화사하게 웃는다

갈매기

항구를 떠나가는
뱃고동 소리를 들으며
언제나 갈매기의
울음소리 기억하리라

물고기가 많은 곳에
서식하는 잡식성
이별과 슬픔을 노래한다

고기잡이배들과
함께하는 아름다운 동물
마음을 날개 달고
날아가는 새

한없는 이별의 슬픔을
간직한 채
먹이 사슬로 떠 다닌다

바다의 자연 풍광과
한가로운 정서를
표현한 철새
낭만적이다

목련

흰색 포근한
모습으로
한 올 한 올 수놓은 듯

참하게 피어
순백의 자태
고귀함을 느낀다

주먹을 쥐는 듯한 모습
털 코트를 입은 듯한
꽃봉오리

나무에 피는 연꽃
자연에의 사랑
꽃망울

웨딩드레스를 상징하는 듯
순결함
고귀한 모습

북쪽 끝을 쳐다보는
꽃 이파리
아름답다 백목련 사랑

진달래

동산 마루에
임 소식을 전하려
수줍은 듯
임 마중 나온다

찬바람의 모진 고통
모락모락 핀 꽃망울
고운 임 오시는
발걸음 가득히

맑고 고운 모습으로
다가오며
조심조심 피어나
살포시 고개를 내민다

한라봉

달콤새콤
맛의 향
황금색 샛노란 감귤

맛난 입맛의 향
톡톡 터트리며
영양을 섭취한다

비타민과 칼륨이
풍부한 과일
한라산을 닮은 봉우리

붉디붉은 해는
서산에 걸렸는데
임 생각 그리며

한 알 한 알 터트린다
껍질이 얇을수록
맛있는 감귤이여

봄비

메마른 대지
앙상한 마른 나뭇가지

물오를 듯 줄기마다
비 소식 기다리다
단비가 대자연 속을 적신다

웃고 있는 생명
소리를 지른다
아리게 가슴 속 깊이

버들강아지 봄소식에
뾰족이 고개를 내밀며
비를 맞는다

봄소식

하루 여정을 여는 아침
우리들 발길에
봄은 어김없이 시작되고

가슴에 뾰족이
비비고 움트는
설렘이라는 시간

아지랑이 아른거리며
꿈속에서
몽롱한 바람결

꽃잎을 터뜨리는 장막에
촉촉한 입김마저
새로운 모습

꽃 피는 춘삼월의 봄이여

흔적

우리가 살아가면서
삶이란 매일 매번
그때를 생각 없이 가기도 하고

고독이 지금 내 안에
존재 의식으로 언제나 원형을 그리며
늘 아쉬움으로 보낸다

우리가 살고 있는
지금은 흔적이다
사랑도 삶에 표현도
지금 이 순간도

표현하기 위해 너에게 말한다
그래, 영원이란 없지만
또 한 그리움은 흔적이다

삼겹살

숯불 사이로 세차게
불빛이 피어난다
숯불에서 구워지는 모습

삼겹살을 돌돌 말아
입에 넣어 먹으면
맛이 환상이라네

오돌오돌 파닥파닥
담백한 그 모습
맛과 향기가 마음 가득

맑은 공기 넓은 들
청정지역
아무도 없는 시골

나뭇가지 사이로
적막이 흐르는
조용한 산기슭

입맛을 새롭게 한다

축복

인연으로
맺어진
백년가약

살다 보면
한 번쯤은
지나간다

나와의 삶
희로애락의
감동으로

백 년의 약속
천년이 가도
변함없는 마음

외로움 없는
고마운 사랑
고운 사람

봄까치꽃

작고 귀여운 꽃
별에서 내려왔나
아름답게 앉아있다

봄부터 어여쁘게 피어
봄이 질 때까지
무리지어 피어난다

보이지 않을 듯
조용한 모습으로 방긋
웃으며 이야기 한다

기쁜 소식 기다리면서
그 임이 올 때까지
빛을 내고 있다

빙판

호숫가 그늘
얼음이 얼었다
빙판길에서
썰매를 타고 넘어지고

물에 젖어 발 시려도
추운 줄도 모르고
마냥 즐겁기만 했던
그 시절

이제는 멀어져 간다
마음은 청춘
나는 추억 속에
늘 살고 있다

빙판 위에
미끄럼도 타보고
마알간 얼음
내 모습을 비춰본다

철새들의 물고기

먹이 사냥 아름다운
청렴한 모습들

옷깃을 여미며
추위를 이겨냈던 추억들
아 그리운 시절

바다

갈매기가 망망대해를
먹이 찾아 헤맨다

그리운 시간만큼
외로움을 달래가며

시퍼렇게 멍든 가슴에
하얀 거품 품어 낸다

외로움을 달래려는
한 쌍의 갈매기는

먹이 사슬을 향해
하염없이 달려간다

파도치는
아기자기한 모습들

포근한 마음으로
수평선을 바라본다

해돋이

붉디붉은 황홀한 모습
그대의 마음일까

숨소리조차 움직일 수 없는
눈 깜짝할 사이

동녘 하늘에
불이 나누나

검은 물체가
어둠 속에서 헤매다가

빛의 소리에
깜짝 놀란다

찬란한 모습이다

제2부

가을비

석류

부드러운 가죽질의 껍질
안쪽은 여러 개의 방으로
소낭이 들어 있다

붉은색
즙이 많은 과육으로
씨를 둘러싸고 있다

맑은 마음
상쾌한 맛
달콤새콤 입맛이 돋는다

온도 높고
공기 건조한 곳에서
열매를 맺는다

다산이란
원숙미를 자랑하며
보암직하고 먹음직하다

새만금 방조제

맑은 하늘 푸른 물
새들의 고향 같은
철새들의 늪

끝없는 수평선
멀리멀리
바라다 보이는 등대

마음과 눈으로 담는
자연의 오묘함을
느끼는 감동의 순간들

허전한 마음을 달래려
가슴 한 켠 마음을 다스린다

망망대해를 거닐며
자연을 만끽하고

가슴 설레며
바라다보는
잔잔한 푸른 물결

물비늘이
걸쳐있는 맑은 호수
자연의 신비로움

스쳐 가는 세월 속에
늘 자리 잡고
그리움 향기 속에 비춰준다

흰 눈

하얀 세상 하얀 아침
하얀 추억을 꺼내먹자
짙은 헤이즐럿 한 잔 들고
창가에 서서

은은한 향에 취해
소나무에도
나뭇가지에도
떡갈나무 잎에도

온통 하아얀 눈
바람에 날려보자
얼어붙은 추운 날
토끼 사냥하던 추억

눈밭 위에 흩뿌려진
달빛이 대낮같이 눈부신데
느티나무 가지엔
삼동의 된 바람이 걸렸다

방실방실 웃고 있는

그대 얼굴 떠오르네
둥실둥실 떠다니네
기다리는 마음은

낙엽

가을에 무수히 밟히는
낙엽 그대는 아시나요
바스락바스락
아스러지는 소리

쓸쓸히 오고 가며 밟힌다
지나간 세월만큼
안아 줄 수 있을까

오가는 걸음걸음
낙엽을 밟으며
가을의 스산함을
느낍니다.

앙상한 가지 밑에
떨어진 낙엽도
밟아봅니다
옛 생각에 잠겨서

첫눈

소복이 쌓인 눈
나뭇가지에
흰 꽃이 아름답다

휘몰아치는
함박눈
눈이 부시다

눈이 내린다
마음의
등불 하나 달고

그대여 그리움은
또 가슴 하나
가득

가을비

주룩주룩 비가 내린다
나뭇잎이 젖도록
이미 가랑잎은 떨어지고
앙상한 가지만 남아 있을 때

선선한 날은 어디 가고
찬바람 몰고 오는
겨울의 문턱에서 애절한 듯
빗소리가 서글프게 들려온다

만약에 당신이
빗소리에 장단을 맞추고
음악에
취해 있을 때

우산을 쓰고
애수에 젖어
빗길을 주적주적
걸어갑니다

국화꽃

향기 짙은 꽃
차를 마시며
임 소식 그리워

고귀한 품성과
진실함을 가르치는 짙은 향기

성실함이 파고드는
마음 깊은 곳
서리에도 잘 견디며
굳건히 서 있다

자줏빛 부드러운 꽃 이파리
너의 향이 나를 부른다

가을 벚꽃

철 늦은 어느 가을날
정신의
아름다운 꽃

겨울 된서리 맞으며
굳건한 모습으로
분홍빛을 날리나

철모르는 꽃으로
마음은 봄으로
달려간다

천진난만한 순결의 꽃
표정만큼 밝은 빛을
휘휘 늘어져 담고 있다

물망초

연인의 사랑으로
피우는 꽃

보랏빛
청초한 모습이다

진실한 마음
마지막 순간까지도 사랑하며

슬픔은 떠난 자의 몫이 아니라
남은 자의 것

빛이 나면 눈이 부시어
눈을 감는다

부디 잊지 말아 달라는
아름다운 옛 얘기

무상

아픔 고통은 마음 풍파
허무한 소용돌이
하루하루의 심장의 고역

낙엽 지는 한 떨기
나무처럼 이기지 못해
흙으로 돌아간다

슬픔은 북받치는
설움 속에서 우러나는
하염없는 눈물

거두려 해도
보이지 않은
눈물이 가장 슬픈 거지

안개 속에 사라진 모습
잠자는 피에로
한 그루 떨기나무

바람 소리

바람은 스쳐 가는데
느낄 수 있지만 잡을 수 없는 게
마음이 시리다.

살아가는 모습에서 감정을 느끼며
소리로 느끼는 바람 소리

나뭇잎 떨어지는 소리
철렁거리며 파도치는 소리
하늘을 나는 새 소리
과감하게 오토바이가 지나가는 소리

내 곁에 스치면 느낄 수 있고
내 곁에서 멀어지면 잔잔한 그런 소리
겨울에는 매서운 바람 소리
가을에는 보슬비처럼 시원한 소슬바람 소리
봄에는 뼛속에 스며드는 찬바람 소리
여름에는 산들바람 소리
우리가 살아가는 데 꼭 필요한 바람

난 바람 소리가 너무 좋아
옷깃을 여미며 추위를 이겨내다

들국화

가을을 향한 진한 꽃
흰색의 자태를 뽐낸다
고상하게 피어있다

양지바른 반그늘
풀 섶에 환히 피는
구절초

산 귀퉁이
귀한 약초
무리 지어 피어난다

갈 향기
무르익고
국화 향 피고 지네

어머님의 우아한 자태로
고상하게
활짝 웃는다

나팔꽃

팡파르를
울리며
넝쿨로 피어난다

청색의 교묘한 꽃송이
일편단심으로
풋사랑을 표현한다

잎자루는 심장 모양
아침저녁으로 잎겨드랑이에서
살며시 피어나는 나팔

길 가다 발을 묶어
어여쁜 모습에 취해
발걸음을 멈춘다

가슴 아리도록
사랑한다는
그 짧음의 시간들

팡파르는 여전히
마음 구석에서
울려 퍼진다

장미

열정으로 핀 꽃
아름답게 주렁주렁
붉은 꽃향기가
가슴에 묻힌다

어여쁘다고 뽐내며
하늘을 찌르는 함성
아름다운 자태 욕망은
순간 가시로 변한다

그리움도
애달픈 향수도
영롱한 사랑으로
마음의 꽃이 피어난다

소슬바람에
꽃향기가
내 곁에 다가와 속삭인다
사랑해 너를

가을 연가

노오란 은행잎 빠알간 단풍잎
갈색의 떡갈잎 형형색색

우리들의 가슴속에
색채가 아름답다

매달려 있는 건 단풍이요
떨어지는 것은 낙엽이어라

우수수 떨어진 낙엽 발로 밟으면
마음의 소리를 들을 수 있으리라

떨어진 낙엽들 밟혀질 지라도
그 느낌만은 감미롭다

환상의 아름다움을 느끼는 이 가을
쓸쓸하기보다는 알차게 익어가리라

감나무가 주렁주렁 익어가듯
갈 단풍은 아름다워라

사랑

높은 구름 갈바람
파랗게 익어가는
청포도 사랑
공간과 공간 사이

나지막한 목소리로
자기만의 표현
만남 이별 그리움으로
사랑을 표현한다

자연으로 만들어진
무채색 옷
아름답게 엮여가는
사랑의 굴레

어렴풋이 다가오는 현실
그리움에 애타며 막막한 모습
자연은
마음을 행복하게 한다

할미꽃

양지바른 곳
꼬부라진 모습으로
예쁘게 피어 있다

이름 모를 들녘
숨어 피는 아름다움

무늬 턱이 보슬보슬
잔털이 나 있다

벨벳 같은 모양새
자줏빛 강한 모습
샛노란 꽃술

어머니 무덤 앞 외로운
할미꽃 슬픈 사연
아름다운 모습으로

억새

가을바람에 살랑살랑
바람에 흩날리는 이파리
갈색 머리에
댕기 묶은
아가씨 같다

치렁치렁 하늘하늘
여자의 마음
쓰러질 듯
머리를 풀어 헤치며
자태를 세운다

가을의 스산함이
느껴지지만
계절을 느끼며
자연의 고마움에
마음을 표현한다

인생도 억새의 모습도 차츰
익어가는 걸까
황혼에 젖어 들 때
아름다움이 더욱
극치를 이룬다

생명

언제나처럼 살아있을까
한 생명 갖기도 억울한데
모든 아픈 기억을 기억하기도 싫은데
또 찾아야만 하는가

그리운 사람
기억하고 싶은 사람
내 곁에서 멀어져간 사람
멀리 희미해진 불빛처럼
가슴속에 남아 있는 사람
언제나 마음속에 가둬두는 그리운 사람
먼 곳에서 바라보려나?
사랑했다 헤어짐은 누구나 있는 일상!
멀리 가든 가까이 있던
그리운 사람
아!
그렇게 가버린 사람

묵향

은은한 향을 가진 먹물
화백이 그려보는
사군자

그 수수함으로
깊은
맛을 낸다

굳건한 믿음으로
옛 선인들의 변함없는
수묵화

그윽한 묵향에
취해
조용히 붓을 잡는다

제3부

장마

그리움

초가을 바람이
콧등을
간지럽히는 날

잿빛 하늘을 닮은
콘크리트 아파트 숲을 지날 때
잠시 뒤돌아본다

어쩌면 말 못 한
그리움이
서성일 테니까

그리움
푸른 하늘 흰 구름 위에 동동 띄어
저 멀리 보내자

저쪽 끄트머리 어느
남쪽에서 꼭 닮은 마음으로 그리움
실어 보내는 임 있을 것이니…

코스모스

하늘은 구름과 꽃의 조화다
시커먼 구름과 코스모스의
아름다움이 어우러진 가을 전형의 모습

가냘프게 생각했던
모습이 군락지를 이룬 모습
섬세하면서 아름답다

빨강, 분홍, 흰색, 노랑 금계화
가을의 전형적인 모습 귀하고 귀하다

비에 젖어 바람에 흔들리며
나부끼는 어여쁜 꽃
누가 뭐라 해도 가을의 모습

순정과 애정이 겸비한 순결한 꽃
누구를 그리워하고
순정을 다 바치며 피어있을까?

한결같은 모습으로…

인동초

인내와 끈기를 나타내며
볼수록 더 아름답고
향기로운 꽃

인연을 만나
사랑의 굴레 속에
헌신적이고 달콤한 사랑

악조건에서도
잘 견디는
끈기가 강한 식물

추위에 강해
서리가 내릴 때까지도
생장을 계속한다

인동덩굴
고통 속에서
피어난다는 아름다운 꽃

내 마음 깊은 곳
인내하며
꿈속에서 만나는 임

분꽃

길 가다 오므린 꽃
부끄러운 듯
살짝 접고 있다

향기가 좋아 화분에
길거리 꽃밭에
조용히 피고 진다

씨앗을 만드는 동안
얼마나 고통 속에
여닫으며 살아갈까

까아만 씨앗 속
분처럼 하이얀 가루
아낙네 얼굴이 생각난다

꽃잎이 없는 밤에
활짝 피는 꽃
소심하게 수줍어 웃는다

강아지풀

보송보송 바람결에
몸을 흔든다
살랑살랑 흔드는 모습
강아지 꼬리다

콧수염 붙이고 놀던 추억
길고 가느다란 풀
고개를 저어가며
바람결에 나부낀다

잡초로 자라는 풀
풀 뜯어 소먹이던
그 시절

벌레처럼 장난치면
털을 세우고
꿈틀거린다

한들한들 살랑살랑

폭염

언젠가 무더위가 지나가리
언제나처럼 계절의 무상함을 저버리듯
나는 한 줄기 바람을 느끼면서 흘러가리라

바람 따라 세월 따라
강같이 바람같이 흐르는 물처럼
나도 가고 세월도 가고
산천초목도 지나가고 긴 여정 따라
기차와 같이 갑자기 멈출 수 없이
지나감을 느끼고 살아간다.

아 세월의 존재감
아련한 그것
언제나처럼 밝고
행복한 마음
즐겁고 환한 모습

입추가 지나면 말복이다
처서가 가고 나면
인간의 간사함에
언제나 그렇듯이
가을을 느끼며 살아가겠지

장마

차창 밖으로
주룩주룩 쏟아지는
빗방울
먼 산골에는
누군가 심술궂은 모습이다

하늘에는 구멍이 났나
슬픈 가락처럼 운율이 흐른다
쏟아지는 빗방울
숫자를 되뇌어가며
창문을 때린다

얼마나 지나야
지리한 장마가 멈출까
하염없이
흐르는 눈물을 기억하리라

원추리꽃

산기슭 어귀에 피어
하루 살다 간다
허무한 하루살이꽃

기다리는 마음
아름다움으로
눈을 즐겁게 한다

지면 옆에서 또 피고
하루 확실하게
싱싱하고 아름답다

주황의 섬세한 꽃
어릴 때 산기슭에
꽃대를 꺾으며

아름다움을
만끽했던 추억
흔히 피어있던 그리움

봄나물도 맛있지만
구수한 된장국
미각을 채워 준다

담쟁이

연한 새싹
담벼락에 끈질기게 달려있다
무리 지어 사는 덩굴
아름다운 매력이다

끌어당기는 힘을 가진 덩굴
앞으로 나아간다
한 덩굴 두 덩굴
담벼락에 붙어서
생명을 유지시킨다

담쟁이를 생각하면
고단한 세월 앞에
인력의 법칙
서로 끌어당기는 모습
참 아름답다

싱싱한 모습으로
단결하는 모습
인생도 세월 속에
서로 어울려
사랑으로 인내한다

칸나

빠알갛게 피어나는 꽃
언제나 한결같은 모습
싱싱하다

초록과 빨강의 조화
존경하는 모습으로
쉽게 피고 지는 미인초

장마철 꽃밭에서
행복한 종말을 맞아도
환한 미소 지으며

붕대처럼 감겨있는
이파리
자신을 빛낸다

무궁화

향기는 없지만
아름다운 꽃
꽃잎이 들어갈수록 붉게 탄다

피고 지고 인생의 꽃봉오리처럼
숨바꼭질하듯
우리의 눈을 즐겁게 한다

단아한 홑겹부터
겹꽃 반 겹꽃
여름 내내 피고 지는 나라꽃

단결을 자랑하듯 깨끗한 마음씨
충성과 절개를 목숨보다 귀하게 여기는
굳건한 모습 언제나 든든하다

백두산 천지

큰 호수
눈에 담을 장황한 푸른 빛
웅장하다 못해
가슴속으로 담아
영원히 잊지 못할 추억 속을 만들었다

생애 거룩하고 복된 오늘
모든 걸 잊고 기쁨으로 한을 풀고
더 이상 무엇을 바랄까

호랑이 바위와 괴물이 들어 있다는
전설 속의 천지
아름답다 못해 감동의 시간이다

우리들의 마음속에 살아 있음을
힘들고 지친 모습들
무엇으로 채워질 수 있을까
수시로 변하는 날씨
어쩌면 수 시간을 피해 볼 수 있었다

고운 봄날

춥지도 덥지도 않고
두견화가 피어있는 천지
이름 모를 야생화
물이 줄지 않는 호수의 왕
현실인지 꿈인지
살아있는 것에 감사하며
천지를 바라본다

누구도 황홀한 모습
호수를 바라보며 한 장의 사진 친구들의
어여쁜 얼굴
웃음 가득한 폭소들
마음껏 즐기고
우리의 행운을 느끼며 돌아왔다

해당화

온화한 모습으로
새색시처럼 찾아와
조용히 피고 진다

장미보다 짙은 향
화려하지 않고
단아하지도 않다

미인의 숨결 따라
연인의 그리움을 표현한다

바다를 향해 피어나는 그리움을
짙은 향을 풍기며 기다린다

도라지

보랏빛
화려한 자태를 뽐내며
으쓱한다

성실한 모습으로
오래될수록 더
좋은 친구

아린 맛 없애면
풍미를 돋우며
사랑받는다

보라의 아름다움과
흰색의 조화로
품위를 지켜가며

기쁜 마음 가득히 쌓여 있다

수국

뜰 정원 탐스러운 꽃
더위도 아랑곳없이
마음을 전하고 있다

그 임이 못 본 척 뒤돌아
냉정과 무관심으로
마음이 변하는 꽃

변심하는 임
못 잊는
자신이 원망스럽다

붉고 파랗고 자주색
백색으로
탐스러운 꽃

진심은 그렇지 않은 듯
상냥하게 웃으며
반겨준다

사철나무

사계절 청록색의
짙은 잎과
연두색의 꽃

누가 뭐라도
자리를 지키며
마음을 지키고 있다

윤기가 반짝반짝
늘 푸른 마음처럼
담벼락 울타리에

사철 꽃과 열매를 맺으면서
고향의 향수를
느끼게 한다

그리운 임
변함없이 상록수의 역할에
최선을 다하며

늪

호수 가장자리
커다란 키를 자랑하듯
초록이다

공원의 갈대는
인위적이며
자연의 조화

각시붓꽃의 세련된
보랏빛 은은함
초롱초롱 빛난다

부끄러운 듯
붓꽃의 향이
널리 퍼진다

접시꽃

활짝 웃는 당신
접시꽃
당신의 마음은
어디에 있을까요

단순한 사랑이라
잠깐 왔다가
사라지는 당신
풍요로운 마음의 꽃

큰 뜻을 가지고
살아보지만
당신의 예쁜 마음이
그립습니다

층층 다닥다닥
붙어 피어나는 꽃
흰 송이 붉은 송이
자주색으로

사랑하고 싶은 마음의 꽃

씀바귀

길모퉁이 양지
자그맣고 순박한
모습으로
외롭지 않게 피어있다

누가 아는가 모르는가
가냘픈 모습으로
활짝 피었다
조심스레 접고 있다

소박하게 피어
노오란 꽃이
자연의 모습으로
눈을 황홀하게 한다

혀끝에 쓰디쓴
봄나물 입맛을 돋운다
달면 삼키고 쓰면 뱉지만
쓴 게 약이라고요

비눗방울

일곱 색깔 무지개
잡으려 몸부림치면
톡 터지며 없어지는 방울

빛에 비춰면
진주처럼 영롱한 모습
하늘을 날며 녹아 버린다

놀다 보니 어느새
어른, 아이 할 것 없이
밝은 모습이다

바람은 한들한들 따라가는
비눗방울들
바들바들 숨을 죽이네

풀 섶에도 앉아있고
순식간에 녹는 모습
마음도 녹아 버린다

톡 터지는 무지개 방울들

제4부

커피의 향기

그리움

단비가 내리는
정처 없이 떠나던 날
초록이 물든 들판

칡넝쿨도
아카시아꽃
향기는 향기대로

연기 속에
피어나는
촉촉한 빗방울

마음을 거울삼아
세월은 정처 없이
가 버린다

세월 그대의
향기가 마음에
가득 그립습니다

오월

보랏빛
라일락꽃
향기가 코를 찌르고

아카시아꽃
아늑한 거리를 배회하며
지나가던 아름다웠던 길도

청명한 소리로 지저귀는
산새들이 조잘대던 길
멋진 추억이란 모습으로 담으렵니다

이별의 슬픔도 마다하지 않고
지나가 버린 세월
소중하게 사랑하며 살아가리라

이팝나무

하이얀 꽃
바람과 비에 젖어
늘어져도 살포시 웃으며
반겨준다

바람 부는 대로
이름도 모르던 꽃
살랑살랑 고운 모습
향기 풍기며 다가온다

순수하고 담백한
거리의 왕자
이팝의 모습
영원한 사랑이어라

등대

인생에 있어서 작은 불빛만
보아도 감격하며
감사할 수 있을는지

사람과 사람 사이에
등불이 환하게 비춰질 때
저 멀리 수평선이 보인다

파도가 휘몰아치고
태풍이 몰려와도
멀리 뵈는 수평선

등대로 밝게 비춰질 수만 있다면
새로운 모습으로
탄생할 수 있을 텐데…

호수

별이 쏟아지는 호숫가
빛이 물가에 맴돈다

꼬부랑 고갯길 돌고 돌아
아늑한 늪

그대 모습은
순간 어디로 갔나

밤 호수 파문이 이는 물보라
요동치며 돌고 있다

쏟아지는 별빛
바라만 보아도 숨이 트인다

사월은

꽃은
피었다
눈송이가 되고

라일락 향기는
온 천지
퍼지고

파란 잎이 돋아나
생기가
넘치지만

이런 밤에는
고독이 몰려온다
사월은 잔인한 달

어둠이 내려오는 거리
온갖 고난을 버티며
지나간 세월

조용히
미소 지어본다
힘내라 사월

산수유

별빛이 하늘에서
내려왔을까?

순수하게 내려앉아
별을 만들었다

별이 내려와서
노오란 꽃이 되었네

별꽃으로 만든
별똥별

목련꽃

양지바른 곳에
우뚝 서 있는
하이얀 꽃망울
누군가의
손길을 기다리며

마알간 모습으로
초롱초롱
빛나는 별처럼
흰 꽃으로 순수한 척
수줍은 듯 활짝 웃으며
반겨준다

며칠이나 갈까
아름답고 순수한 모습이
금방 떠날 것 같아
임 다시 돌아올 때까지
기다릴게요

봄이 오는 소리

봄 입김이 깨어나
마른 가지에
촉을 세운다.

멍울진 새싹이 움트고
봄기운에 싹트는 몽우리들
이제 고개를 내밀고 있다

미세 먼지 자욱한 온기 속에도
메마른 대지 위에도
아랑곳없이

진통 속에서
몸부림과 아우성치며
잠 깨어 일어난다.

커피의 향기

달콤하고 쓰디쓴
오묘한 맛

그 누가
인생을 모를까

그대의 마음
달콤한 사랑

새로운 상큼함
가슴이 콩닥콩닥

마음의 향기가
널리 퍼진다

추위

철은 봄인데 몹시 춥네
겨울답다
앙상한 가지에

거리는 한산하고
마스크 인들만
배회하고

마음은 문이
닫힌 채
얼어붙어 있다

대문 활짝 열고
봄소식이나
기다리렴

갯벌

물 빠진 바다
진흙이 된 갯벌에
여러 개의 구멍이 나 있다

낙지가 들었을까?
뛰어들어 캐고 싶지만
추운 바닷가라 마냥 바라보고 돌아왔다

언젠가는 발을 빠져가며
굴을 따던 것처럼
개구쟁이처럼 갯벌에 구멍을 파고

큰 굴과 조개들
바다에 망둥이를 낚아채겠지
우리네 인생도 낚시처럼 엮는 세월
모든 일과 사랑도 연극처럼 이루어진다

갯벌의 추억도 구멍도
밀물이 생길 때면 평행선이 되겠지
높고 낮음도 없이

출렁다리

청명한 하늘
흔들리는 다리
푸른 물과
시원한 바람

살얼음이 살짝
남아 있는 호수
버들강아지
봄의 속삭임들

청둥오리 아름답게
짝을 지어
먹이 사냥에
취해 있고

가을의 정취가
남아 있는
갈대숲
친구들의 담소들

환희에 찬 모습을
만끽하며
그 무엇을
기쁨으로 비교할까

샛별

별이 빛나는 아침
어두컴컴한 새벽녘에
동쪽에 빛나는 빛이 반짝인다.

그 누구의 별일까
그대의
눈빛일까

별똥별은 떨어지고 두 눈을 번쩍 뜨니
영롱한 빛이네
항상 눈앞에 환하게
미소 짓는 저 별

새벽녘
이슬을 맞으며
달려가는 발걸음
언제나 내 앞길 밝게 비춰준다

나를 못 잊어 별이 된 그대
언제나 바라볼 수만 있다면
함께 대화하리

바람 소리처럼 느끼며

청둥오리

호숫가 유유하게
떠다니는 짝

쌍을 이루며
여유를 부린다

먹이 사냥을 하며
아름다운 모습으로

한가롭게 떠다니는
청둥오리

행복한 동행이다

가을

칠흑 같은 어둠 속으로 깊어간다
낙엽이 가로수 등불 아래 우수수
만추의 가을을 느낄 수 있게 쌓여 있다

낙엽 밟는 소리는 쓸쓸하기도 하고
낭만을 생각하기도 하고
아무튼 가을이 깊어짐을 느끼는 순간이다

우리는 무엇을 바라고 있는가?
나는 순간의 포착과 순간의 느낌
과용하지 않게 바라보면
단풍이 아름답다.

낙엽 되어 뒹굴 땐
한 줌의 나뭇잎이더라
아름다움과 그 기쁨은 잠깐이더라

소소히 흐르는 세월 속은
늘 아쉬움과 그리움
채워지지 않는 마음들
왠지 슬픔과 환희

오늘도 행복한 마음으로
마음을 채워본다
언제나 변하지 않는 내 마음

가을은 가을은
쓸쓸하다
고독하다
외롭다

빗물

가슴을 타고 흐르는
사랑의 빗물
가슴 속 울려 퍼진다

정녕 시린 가슴이라면
눈물이 빗물 되어 내려온다

가슴속엔
그리움의 꽃비가
하염없이 내린다

핑크 뮬리

사랑의 속삭임을
가슴속에 담아두고
길이길이 핑크 물로
유혹하는구나

연인들의 속삭임
보기 좋아
핑크빛 사랑

아기들의 살갗과 같이 부드러운
솜털과 같은
핑크 뮬리 곱디고운
모습으로 유혹한다

분홍 물결 사이로 곱게곱게
익어가는
사랑의 속삭임들
선율이 아름답다

이별

따끈따끈한 담소로
늘 바라보고 웃던 사람!
어느 곳에서
싸늘한 바람을 맛보았던가?

가슴에 사무치게 다가와
사랑을 속삭였던 임
임 그리워 상사병이 되었던 사람
이 가을에도 이별을 가슴에 담았던가

상상화의 그리움처럼
애타고 있을는지
마음에 담고 담아
그리워하고 있을는지
이별이라는 두자
눈앞에 아른거린다

누구나 헤어짐의 일상이지만
아픈 사랑은 사랑이 아니라는데
눈앞에 이별할 수밖에 없는 사람

서로 그리움으로 애틋한 이별
추억이란 단어로
채우렵니다

내일의 소중함을 느끼며

행복

가장 행복한 건 지극히 평범한 것이다.
하루하루 보람 있는 생활이야말로
우리가 최선을 다했다고 할 수 있지 않을까?

난 이래서 행복하고 넌 그래서 행복했다.
잊지 못하는 것 잃어버리지 못하는 것들
누구를 위해서가 아니라 내 자신을 위한다

지극히 낮은 곳에서 한발 물러나 생활하는 것
또 다른 어떤 모습에서 진정한 삶을 느끼고
살아간다면 우린 더 이상의 것을 바라진 않겠지요

가진 것 많지 않아도 마음이 부자
삶의 소용돌이 속에서 늘 소중하게 살아간다면
우린 슬퍼할 시간도 없이
그냥 물 흐르는 데로 거침없이 살아갈 것이다

오늘도 하루 행복한 일상

제5부

한 쌍의 앵무새

노을

넓디넓은 바다
아름다운 섬
멀리 보이는 수평선

노오란 주황빛
노을빛이 물드는
황홀한 저녁노을

다정한 임과 함께
바라보던 수평선
행복한 모습으로
자연의 오묘함을 맛보리라

아무런 욕망도
사심도 없이
사라져가는 석양

서로의 아픔을 잊고
아름다운 노을의
황홀함을 느끼며
노을처럼 맑은 모습으로…

무더위

찌는 듯한 여름
작열하는 태양
모든 이들이 덥다 더워 탄식 소리
아련한 모습들

버스를 기다리며
지하철을 기다리며
잠깐 지나가는 시간이건만
소소히 달아오른 열기 속
마음을 다스린다

온천과 같이 뜨거운 마음으로
열기를 이겨보자.
그 차디차던 눈보라 치는 겨울을 생각하며
뜨거운 열기를 식혀보자

오고 가는 인파들
더위를 이겨가며 살아보자
각기 자기들의 방식대로
더위를 피해간다

어떤 이들은 연극과 영화관으로
어떤 이들은 바닷가로 계곡으로
어떤 이들은 백화점으로
더위를 피한다

유난히도 더운 계절에
생명의 귀중함을 느껴가면서…

해바라기꽃

고개를 길게 빼고
먼 산을 바라보며 활짝 웃는다
임을 기다리며

사랑하던 모습으로
고운 임 오시길
기쁨으로 바라본다

노오란 꽃 이파리
까맣게 익어 열매로 송송 여물어 가는
고통을 그 누가 알아줄까?

그 빛을
찾아 헤매며
교만하지 않고 바라본다

누군가를 바라보며 빛을
기다리는 아름다운 꽃
싱그러운 해바라기

두루미

살금살금 가다가 실패하고
먹이를 낚아채는 모습
생존경쟁에서
살아가는 방법이야

인생도 실패하고
생존경쟁 속에서
두루미와 다를 것이 없다.
맑고 투명하고 먹이 속에서
사는 이야기지

물고기를 먹이로
생을 사는 두루미
겉모습에서 청결한 이미지

아름다운 흰 깃털
긴 목 부리로
눈 깜짝할 새 먹이를 건진다

갈 수 없다. 그냥

한 쌍의 앵무새

말은 알아듣는 듯한데
말을 따라 하지 않네
새도 외로워서 쌍을 이룬다

말 잘하는 앵무새는 어디 가고
말 잘하는 인간만이
냄새로 북새통

앵무새도 낯선 사람을 경계하며
쪼아대는구나!
시끄럽게 조잘조잘

어여쁜 아낙네처럼
인간사 제 구실도 못하면서 횡설수설
어여쁜 앵무새만도 못하리

사람꽃

아름답다 그 이름
꽃이라 하더라

아무리 곱다 한들
사람꽃만 하겠는가?

꽃이 아무리 아름다워도
사람꽃이 있어야
빛이 난다 하더이다

벌과 나비와 향기를
온몸에 가지고 있어도
사람꽃이 없으면
그 누가 알아줄까?

아름다운 마음은 풍성한 기쁨
산과 들, 사막에도 꽃이 핀다

젓가락

나란히 나란히 길게 뻗은 젓가락
언제나 한 쌍이다
가지런히 놓여 있어
보기 좋아

언제 떠날지 모르면서
꼭 쥘 때마다 서로
귀한 줄 모르고 사람들의
입맛에 열심히 움직인다.

어린이 젓가락 나무젓가락
대롱대롱 매달리고 쥐어지는 손으로
모든 욕구를 충족시키며
식욕을 돋우어가며 움직인다

짝이 없으면 제구실도
못 하지만
그래도 모든 짝지에게
감사하며 살아지리라

개나리

조용히 봄비가 내리는 날
살포시 꽃 몽우리 잎을 연다.

하나둘 셋 카메라를 찰칵하는 순간에도
꽃잎 터트리는 소리가 들린다
생명의 몸부림이랄까?

노오란 자태에 입을 다물 수 없다
태어나는 어린아이의
눈웃음처럼…

참 아름답다
신선한 모습에 고개를 숙인다

어머니

가진 것은 없어도
모진 고통 참아내며
자식을 위해 일하시던 부모님!

남에게 뒤처질까 봐
몸이 부서지며
아픔을 무릅쓰고
자식 사랑 이루셨던 우리 어머니

엄마 품에 누워 잠자려면 잠들 때까지
부채질로 재우셨던 어머니
이제 당신은 먼 나라로 여행을 가셨지요?

벌써 내가 어머니가 되어
자식을 위해 희생하며 살아갑니다

눈이 오면 추울까 봐
비가 오면 젖을까 봐
노심초사 자식을 위해
힘든 줄 모르고 살아갑니다

감사합니다
감사합니다
사랑합니다

세상의 부모님들의
일상이겠지요

경칩

개구리가 잠에서 깨어난다는 경칩
봄 입김이 깨어나
마른 가지에 촉을 세운다.

멍울진 새싹이 움트고
봄기운에 싹트는 몽우리들
이제 고개를 내밀고 있다

미세 먼지 자욱한 온기 속에도
메마른 대지 위에도 아랑곳없이
오늘도 진통 속에서 몸부림과 아우성으로
잠 깨어 일어난다

오늘

모든 것 내려놓고
모든 일 멈춰보고
그래서 얻는 것 무엇인가?
산천초목 물들어도
세월의 굴레를 벗어날 수 없다

있는 그대로 느껴보고
있는 그대로의 삶을 벗어날 수도 없다네
인생사는 새옹지마라 그 누가 말했던가

늘 오늘보다 내일을 기대하는
어리석은 모습들
오늘을 귀하게 여겨라
오늘 즐겁고 오늘 사랑하고
오늘 해결하자

하루를 후회하지 말고
지난 것 움켜쥐고 억울해하지 말고
있는 모습 그대로
새로운 도전에 성공하자

생명

우리들의 마음속에 살아있는
모든 것들이
봄기운에 생생한 모습이려니
봄은 항상 기분이 새롭고
다시 태어나는 기쁨이다

버들강아지 움트고
개나리 진달래가
만발할 때는
우리들의 마음속에도
빗장을 채운 모습에서
고개를 내밀어 말없이 바라보겠지?

삶의 아름다운 추억은
마음속에서 용솟음치고
개구리 겨울잠에서 깨어
눈 비비고 일어나는 모습을 상상해 보며
오늘도 생명이 있음을 감찰해 본다

패랭이꽃

빠알간 자태에 눈이 부시다
가냘픈 모습으로
눈에 보일 듯 말듯
화단의 끝자락에서 조용히 미소짓네

순결한 사랑이란
꽃말을 가진
아름다운 변함없는 꽃
언제나처럼 날 바라보고 있을까

해가 가면 또 그 자리에
고운 모습으로 마음을 달래며
가냘프게 피어나는 꽃

붉은색
분홍색
흰색
각기 개성을 살려가며 피어나는 꽃

그대의 숨소리 같아라

흰 눈이 내리던 날

함박눈이 펄펄 오는 날
강아지도 눈이 오면 좋아서
날뛰던 어느 날
추워도 추운 줄도 모르고
눈썰매를 타며 행복해하던 어린 시절

손이 시려 호호 불며
화롯가에 옹기종기 모여
옛날 이야기책을 읽으며
감성에 젖어 눈물 흘렸던 아이가
중년을 넘어가려 한다

안 가려고 발버둥 쳐도 세월이
유수처럼 흘러간다

물과 세월은
거꾸로 갈 수 없다는 걸
느끼게 하는 날이다

그래도 마음은 청춘이라고

가을 연가(2)

붉다 못해 새빨간 단풍잎의 고운 자태는
마음의 풍랑을 잠재워주는 유일한 이파리
초록이 물든 저수지 옆에 붉은 나무
아름답게 물든 고운 모습이
멋스럽게 물들어간다

맑고 청명한 하늘
초록이 물들다만 호수
아름다운 자연이 준 선물 낙엽들
가을의 충만한 아름다움을
마음껏 느끼고 만져보고
사랑하고 돌아왔다

충만한 기쁨 감사하다.
만물을 사랑할 수 있다는 그것들에게 감사
자연의 오묘함에 감사
인간의 간사함에 놀라고 놀란 내 가슴에 상처들
마음을 내려놓고 있는 그대로 느끼며 살아간다

오늘을 만끽하며 오늘이 있어 감사하리라
어제는 오늘을 위한 과거이고 오늘은 지나가는 시작이다
이 시간이 행복하다
내일을 준비하니까

일상

하루를 산다는 건 어쩜
생명이 살아 있기 때문이다.

어제의 죽은 자가 오늘 살기를 갈망하듯
웅장한 삶 속에

우리들의
지난날들을 용솟음치듯
갈망하고 지쳐있는
고달픔이 있어
감사할 수 있는 자신에게
넌지시 물어본다

넌 무엇을 위하여 사는가
살아있어 느끼고 사는 행복을…

연꽃

꽃마차 타고 어디를 갈까
더러운 진흙 속에서
진정 품위 있는 꽃으로 태어난다

당신의 모습이
아름다운 만큼이나
마음도 아름답다

조개 속의 진주처럼
보석 아닌 보석이 진흙
밭에 숨어 있다

때로는 밥상에
찻잔에 아름다움과 향기에 취해가며
사랑을 속삭인다

가을비

가을을 재촉하는 비가 내리네
차창 밖으로 빗방울이 주룩주룩
먼 산골에는 구름이 넘실넘실
답답하던 마음이 비와 함께 날아가는 듯
시원스런 마음의 한 곁에 조심조심

우린 어쩜 바라볼 수밖에
그립다 말을 할까
조용한 삶 속에 비와 같이
시원스런 마음의 비가 내렸으면

친구들의 밝은 모습이
눈앞에 아른거린다
만나면 그저 행복한 모습들
웃으며 살아가자
삶의 찌든 모습들을 이겨가며

고깔제비꽃

아지랑이 너울대는 봄
양지바른 곳
보랏빛을 발산하며

수줍은 듯
활짝 웃으며
나를 반긴다

산과 들
아무 데나 어여쁘게
피어있다

나를 생각해 주세요
순진한 사랑으로

명자나무꽃

꽃샘바람에
붉게 물든
얼굴색 같다

화려하지도 않으면서
청순해
아름다운 꽃

겸손하면서
수줍음이 많은
아가씨 나무

햇빛을 좋아하고
건조한 것을 싫어한다

봄바람 살랑거리는 날
콧바람 쐬러
나가고 싶다

제6부

글벗 사랑

봄맞이꽃

자세히 보아야 아름다운
연분홍 띠를 두르고
흰 둥근 이파리

점점이 뿌려진
봄의 속삭임을 알리는
봄맞이꽃

아지랑이
너울거리는 밭둑에
앙증맞게 피어있다

건조한
땅에서
자라는 작은 꽃

사월의 대지를
하이얀 보석으로 수놓은 것처럼
아름답다

인생의 별

별들은 다양하지
그중에
인간의 별들
밤이 매일 흐르듯

하루의 삶도
별처럼
죽음이 다 할 때까지
별똥직

하루를 위해
살고 있듯이

철쭉

연분홍의 철쭉
한 송이의 돌연변이
꽃분홍
창작인가

흥분된 모습으로
찰칵
아무 생각 없이 찍는다

사랑의
즐거움을 표현한
그리움의 절정
행복의 시작이다

산수유

요정들이 춤추는 듯
소담스럽게 피는 꽃

별에서 내려와 신선이 먹는
열매를 가진 꽃

산형 꽃차례를 이루며
층층으로 피어난다

향기 또한 그윽하다
별처럼 생긴 노오란

아름다운 꽃
마음의 꽃이다

삶의 표현

살면서
별들과 바람을 헤며
살아온 인생길

대나무와의 마디처럼
조금씩 다르듯이 표현의 방정식처럼
파도가 휘몰듯 말한다
잔잔한 호수가 있듯이 표현한다

우리는 이상을 찾는 것보다
공유할 수 있음이
필요하다는 것을

그래 인생 뭐 있노
사노라면
표현하기 위해 살아보자

코로나19

무서운
인류의 몸살로
바이러스가 퍼져 있다

우한 폐렴 병균의 정체
우습게 여긴 우리들
방관해 더 번져갔다

자기방어보단
남에게 질책하는
어리석은 자들

마스크의 작은 정성이
더 많은 인명 피해를 줄였다

사소하지만 단결하는
사람들
이것만이라도 감사하자

코로
코로 코로나

다 함께 조심하자

우리들의 한 사람
한마음이
우리를 지키는 백신

두메부추

부추가 꽃을 피웠다
산골짝 바위틈에 살고 있다

은은한 연분홍과 보랏빛의
향기가 청초하다

임과 함께
좋은 추억을 가진 모습

늦여름에 피는 꽃

봄

개구리알을 깨고
잠에서 깨어난다

봄의 향기에 취해
움츠렸던 몸

찡끗 눈을 뜬다
개굴개굴 개구리

삶의 터전을 잡으려
울부짖는다

갈대

바람에 흔들리며
자리 잡고 있는
갈대

강가에 무리 지어
피어있는
갈색의 꽃

가을의
냄새를
풍기며 피어난다

흔들리며
나부끼지만
쉽게 부러지지 않는다

옛날
갈대밭에서
비밀을 속삭였다

흔들리며 피는 꽃

여자의 마음은
갈대라 했던가

가을의 정취를 뽐내며
홀씨가 떨어져
아름답게 피어난다

변함없는 믿음과 신념으로

그믐달

별이 빛나는 아침
어두컴컴한 새벽녘에
동쪽에 빛나는 빛이 반짝인다

별똥별은 지나가고 영롱한
항상 눈앞에 환하게
미소 짓는 저 달과 별

새벽녘 이슬을 맞으며
달려가는 발걸음
언제나 내 앞길 밝게 비춰준다

못 잊어 그리운 그대
언제나 바라볼 수만
있다면 함께 대화 하리

꽃이 피는 날

낮에 눈부셔 조용히 접고
밤에 활짝 피는 꽃
부끄러운 듯 미소 짓는다

숨소리를 죽이며
생명의 탄생을 알린다

진통 속에 피어나는
아름다운 꽃

그리움도 애달픈 향수도
마음 꽃이 피어난다

소슬바람에
홀씨를 날리던 날

행복을 가슴에 담아
허전한 마음 밭에 가득한 사랑으로

아름다운 마음
풍성한 기쁨
산과 들 사막에도 꽃이 핀다

동백꽃

한겨울에 피는 꽃
가을부터 몽우리를 만들고
영롱한 모습

따뜻한 남쪽 겨울에
붉게 물든 커다란 꽃송이
나무에서 떨어지기 아까워
통으로 떨어진다

진한 꽃잎의 꿀통과
샛노란 꽃술
커다란 이파리

꽃가루받이하는 꽃
공생하는 동박새
조매화라 한다
붉은 꽃 화려한 겨울꽃

부처손

숲속 바위틈
붙어사는
초록 이파리

바위틈 사이로
모습을 드러내며
향기 풍기고 있다

누구 손길을 기다리고
피어있는지
한참 자라 오그라드는
부처 손

면역력을 강하게
산속 깊은 곳
바위틈 녹색 풀

심신을 안정해
장수를 도와주는
초록 이파리

안락 하늘소

검고 반짝인다
맑은 곳 좋은 공기에서
버드나무 줄기에 서식한다

내 앞에 앉아 찰칵
귀한 곤충
어려서 가끔 본 유충
새삼스럽다

안락 하늘소로 인해
버드나무가 죽는다
작은 유충이지만
나무의 생명을 앗아간다

해충으로 많은 나무줄기를 갉아 먹고
맑은 공기 산림 속에서
맘껏 살고있는
안락 하늘소

제비꽃

아지랑이 아른거리는
양지바른 곳
작은 병아리 꽃

수줍은 듯한 모습으로
소박하고 겸손한
모습이다

곱게 단장한 너
앉은 모습이 예쁜 소녀 같다

꿀주머니 옆에 차고
순진한 척
임 기다리며 고개 숙인다

글벗 사랑

딩동딩동
벗이 생각나
몇 날 며칠을 긁적인다

늘 가슴 속 깊은 곳
자연을 통해 알 수 있는
사랑의 굴레

애환, 그리움, 사랑을
하이얀 백지에
상상력을 초월한다

영원히 존재하는
오선지의 붉은 추억
글벗 사랑

백일홍

화사한 모습으로
내 곁에 다가와
행복을 주고 간다

백일 동안 피는
곱고 화사하고
예쁜 백일화

혼자 피는 것 보다
올망졸망 피는 것이
사랑스럽고 아름다운 꽃

사연을 가지고
빛깔과 모습과 향기로
피어나는 침묵의 예술

꽃들에게 행복한
사랑의 인사를
전하고 싶다

처서

땅에서는 귀뚜라미 업혀 오고
하늘에는 뭉게구름
타고 온다는
가을이 오는 길목

햇볕은 따갑다
낮엔 여름인 양
폭염이 극성이다
마음도 몸도 지친다

가슴은 답답하고
쉬 식지 않는
마스크의 열기
마음 문도 닫혀 있다

꽉 막힌 사람들
세월의 무심함도
아랑곳없이
고뇌 속에 발버둥 친다

우리 이제 마음 문

활짝 열고
상큼함을 느끼고
가을의 청명함을 느껴보자

참나리꽃

순결하고 깨끗하고 참나리
하늘을 향해 핀다

당신의 사랑을 원합니다
지조를 지키는 순박한 꽃

언제 보아도 환한 웃음으로
활짝 피고 진다

백합 중에 가장 아름다운 참나리
태양을 닮은 꽃중에 꽃

자귀나무꽃

여리디여린 꽃술 매우 아름답다
가슴의 두근거림과
환희 기쁨을 표현한다

향기는 향기대로 이파리는 이파리대로
솜털같이 부드러운
어여쁜 자태

산과 길가
꽃나무 꺾으며 향기를 맡던
그 시절 추억이 그립다

임과 함께 거닐던
축제의 향연 속에
기쁜 환희를 맛볼 것 같다

행복꽃을 피우는 사랑의 힘

– 양영순 시집 「꽃이 피는 날」

최 봉 희(시조시인, 평론가, 글벗 편집주간)

"아름다운 삶이란 싹을 틔우는 것이다. 그 싹을 틔우는
힘은 바로 사랑에서 나온다."
　이는 빈센트 반 고흐가 한 말이다.　얼마 전 씨앗이 흙
을 밀고 올라와 싹을 틔우는 모습을 직접 본 적이 있다.
그 초록의 모습이 얼마나 아름답고 숭고한지 그만 감탄
사를 연발한 적이 있다.

　　씨앗을 만드는 동안
　　얼마나 고통 속에
　　여닫으며 살아갈까

　　까아만 씨앗 속
　　분처럼 하이얀 가루
　　아낙네 얼굴이 생각난다

　　꽃잎이 없는 밤에

활짝 피는 꽃
소심하게 수줍어 웃는다
- 시 「분꽃」 일부

아름다운 삶이란 바로 이런 삶이리라. 어둡고 딱딱한 땅을 뚫고 나와서 세상을 향해 두 팔을 벌리는 아름다움, 마침내 멋진 꽃을 피우는 삶, 호기심을 가득 안고 날마다 긍정적으로 살아가는 삶, 이 모든 것은 어쩌면 사랑이 있어야 가능하지 않을까?

양영순 시인은 2020년 봄, 계간 글벗에 시 부문에 「소녀의 꿈」 외 2편으로 당선되어 글벗문학상 신인상을 받으면서 등단했다. 그는 현재 요양보호사로 활동하면서 살아온 인생의 다양한 경험을 꽃과 자연 등 다양한 인생의 모습을 글로 표현하고 있다. 삶의 연륜에서 풍기는 긍정과 소망의 시심은 새로운 삶을 꿈꾸게 한다. 그것은 어쩌면 시인의 인생의 새로운 봄을 맞이하는 기쁨으로 표출하고 있는지도 모른다.

이 모든 일은 사랑이 있어야 가능하다. 양영순 시인의 시를 분석하자면 세 가지로 분석할 수 있겠다. 그 세 가지는 자연에 대한 사랑, 인생에 대한 깨달음, 그리고 이웃 사랑이다. 이 사랑이 인생의 모든 싹을 틔우고 행복의 꽃을 피우게 하는 힘이라고 할 수 있다.

아름다우리 민들레 고운 꽃

섬세한 모습에 발걸음을 멈춘다

아무렇게나 피어
따뜻한 양지쪽으로 고개를
살포시 내밀고 있다

포자를 퍼뜨리며
몸을 펼쳐 희생하는
민들레꽃

생명의 근원 모퉁이
조용히 사랑의 밀어를 속삭인다
내일을 향해
- 시 「민들레」 전문

첫 번째로 양영순 시인의 시는 자연의 사랑을 담고 있다. 시 「민들레」에서 느껴보는 것처럼 시인은 자연을 향해 은근하면서도 조용히 사랑의 밀어를 속삭인다. 그런데 자연을 사랑하는 것에 머물지 않는다. 민들레처럼 자신의 몸을 펼쳐서 사랑을 펼치는 그 모습을 보면서 내일의 삶을 꿈꾸는 것이다.

양지바른 산기슭
좁쌀을 튀긴 모습으로
붙어서 피는 꽃

올망졸망
다닥다닥
피어있는 모습

순수함의 상징 같은
하얀 꽃
무리 지어 피어있다

볼 때는 연약하지만
진실과 성실함으로
단정한 사랑

노력했는데도 헛수고로
물거품이 되지만
순백의 매력덩어리
- 시 「조팝나무」전문

　연약하지만 진실함과 성실함으로 사는 삶, 시인은 이를
단정한 사랑이라고 말한다. 때로는 열정의 수고가 물거
품이 되는 아픔 속에서도 이를 극복하는 인생과 유추하
여 긍정의 이미지를 발현하고 있다. 이는 양영순 시인이
지닌 독특한 매력이 아닐까 한다.

산기슭
환하게 빛나며
예쁘게 핀 꽃

진실로 어여쁜 마음
모든 거짓된 것들은
사라져 버리는 듯

용서하며
사랑의 굴레를
벗어나지 못한다

신비로운
꽃분홍 연분홍 다홍색
아름드리 피어 있네

언제 보아도
보암직하고 먹음직한
개복숭아

나는 영원히 당신의 것이요
- 시 「복사꽃」 전문

자연은 우리를 사랑으로 안내한다. 자연 안에는 우리가
배워야 할 것들이 참으로 많다. 첫째는 지혜로움이다. 씨
앗에서 열매에 이르기까지 모든 성장과 움직임은 놀랍도
록 신비롭다. 개복숭아는 말한다. "나는 영원히 당신의
것이요"라고. 인생은 용서하면서 사는 삶, 나누는 삶이
다. 인생도 자연에 속한다. 모든 자연은 사랑의 굴레에서
벗어나지 못한다. 그래서 자연은 부드럽고 따뜻하다.

시인은 자연에서 그렇게 사랑을 배우고 인생을 배우고 행복을 꿈꾸는 것은 아닐까?

뒷동산 흔히 피던 꽃
그 꽃을 따다 먹던
그리움

보랏빛 향내를 맡으며
달콤함을 빨아먹던
우리들

꿀샘 있어 꿀이 나네
벌 나비 벌레를 통해
수분이 생기는 꽃이여

꿀 같은 달콤함의
사랑을 간직한다
그리운 임 향기처럼
– 시 「꿀꽃」 전문

"우리는 신을 본 사람은 없다. 다만 우리가 서로 사랑한다면 신은 우리 가슴에 머물지 않을까."

이는 톨스토이가 한 말이다. 서로 사랑하면 기쁨이 있고 평화가 있는 법이다. 서로 사랑하면 어떤 고통이 밀려와도, 어떤 슬픔이 찾아와도 이겨낼 수 있다. 사랑이 있는 곳에 신이 머물고 있기 때문이다. 시인은 자연과 꽃을 보면서 늘 추억을 떠올리고 그리움의 시를 쓴다.

그 순간은 시인의 가슴에도 절대자가 머무는 것은 아닐까. 그의 시에서 사랑의 흔적, 삶의 흔적을 찾아보자.

우리가 살아가면서
삶이란 매일 매번
그때를 생각 없이 가기도 하고

고독이 지금 내 안에
존재 의식으로 언제나 원형을 그리며
늘 아쉬움으로 보낸다

우리가 살고 있는
지금은 흔적이다
사랑도 삶에 표현도
지금 이 순간도

표현하기 위해 너에게 말한다
그래, 영원이란 없지만
또 한 그리움은 흔적이다
- 시 「흔적」 전문

둘째로 양영순 시인의 시적 양상과 철학은 인생을 사랑하면서 얻은 깨달음에서 출발한다. 그러기에 이렇게 시를 쓰고 인생의 흔적을 남기는 것은 어쩌면 바로 자신을 사랑하는 과정이 아닌가 한다.

진지하게 시인에게 묻고 싶다. 왜 글을 쓰느냐고? 시인

은 다시 배움에 임할 수 있고, 봉사하는 아름다운 일도
할 수도 있다. 어르신들을 돌보는 요양보호사라는 직업
에 집중하면서도 또 다른 멋진 삶을 꿈꿀 수도 있다. 그
런데 왜 굳이 글을 쓰는 일에 집중하는가? 시인은 이렇
게 대답한다.

"인생은 아무 생각 없이 가기도 하지만 고독이 지금 내
안에서 존재 의식으로 언제나 원형을 그리면서 아쉬움으
로 보냈다. 나의 인생 이야기를 들려주고 그것이 어떤
의미인지 말할 수 있는 사람은 오직 나 자신뿐이다. 따
라서 우리가 사는 지금은 우리의 흔적일 뿐이다. 그래서
사랑도 삶의 한순간도 표현해야 한다. 인생에서 영원이
란 없지만 그리움은 흔적이라고"

가을바람에 살랑살랑
바람에 흩날리는 이파리
갈색 머리에
댕기 묶은
아가씨 같다

치렁치렁 하늘하늘
여자의 마음
쓰러질 듯
머리를 풀어 헤치며
자태를 세운다

가을의 스산함이

느껴지지만
계절을 느끼며
자연의 고마움에
마음을 표현한다

인생도 억새의 모습도 차츰
익어가는 걸까
황혼에 젖어 들 때
아름다움이 더욱
극치를 이룬다
– 시 「억새」 전문

　시인은 인생도 억새의 모습처럼 익어가고 황혼에 젖어
들 때 아름다움의 극치를 이룬다고 비교한다. 시인은 억
새에 유추하여 인생을 글로 표현한 것이다. 인생을 자연
에 담은 것이기도 하지만 인생을 사랑하는 마음으로 담
은 것이도 하다.
　시인의 또 다른 시 「담쟁이」를 살펴보자.

연한 새싹
담벼락에 끈질기게 달려있다
무리 지어 사는 덩굴
아름다운 매력이다

끌어당기는 힘을 가진 덩굴
앞으로 나아간다
한 덩굴 두 덩굴
담벼락에 붙어서

생명을 유지시킨다

담쟁이를 생각하면
고단한 세월 앞에
인력의 법칙
서로 끌어당기는 모습
참 아름답다

싱싱한 모습으로
단결하는 모습
인생도 세월 속에
서로 어울려
사랑으로 인내한다
- 시 「담쟁이」 전문

시인은 인생을 '더불어 살면서 사랑으로 인내하는 삶'이라고 말한다. 서로 끌어당기고 단결하는 모습이라고 했다. 시인은 시집 서두에 작가의 말에서 이렇게 말한다.

"인생에 있어서 가장 중요한 건 누구를 만나는 가에 따라 결정된다고 하는 게 생각납니다. 글벗문학회를 만나 글벗 사랑으로 사랑이 꽃처럼 피어났습니다."

사랑과 인생은 같은 크기를 지닌다. 한 사람의 인생은 그 사람의 사랑 역사이기 때문이다. 오직 사랑만이 그 인생을 채울 수 있다. 그래서 시인은 아름다운 사랑의 시, 행복의 시를 쓰는 것은 아닐까?

그는 어제도, 오늘도 축복의 시, 사랑의 시를 끊임없이
쓰고 했다.

인연으로
맺어진
백년가약

살다 보면
한 번쯤은
지나간다

나와의 삶
희로애락의
감동으로

백 년의 약속
천년이 가도
변함없는 마음

외로움 없는
고마운 사랑
고운 사람
– 시 「축복」전문

우리는 사랑하기 때문에 살고 있다. 사랑이 없다면 고
마운 사랑도 만날 수 없었고 아름다운 약속도 할 수도
없었다. 그러기에 시인에게는 글 쓰는 일이 인생에서 가

장 큰 축복이었으리라.

　　높은 구름 갈바람
　　파랗게 익어가는
　　청포도 사랑
　　공간과 공간 사이

　　나지막한 목소리로
　　자기만의 표현
　　만남 이별 그리움으로
　　사랑을 표현한다

　　자연으로 만들어진
　　무채색 옷
　　아름답게 엮여가는
　　사랑의 굴레

　　어렴풋이 다가오는 현실
　　그리움에 애타며 막막한 모습
　　자연은
　　마음을 행복하게 한다
　　- 시 「사랑」 전문

　인생은 만남, 이별, 그리움이 있는 사랑이다. 인생을 표현하는 수단으로 자연이 함께 하는 것이다. 자연이 나를 행복하게 하고 나는 자연과 함께 사는 것이다.

　가장 행복한 건 지극히 평범한 것이다.

하루하루 보람 있는 생활이야말로
우리가 최선을 다했다고 할 수 있지 않을까?

난 이래서 행복하고 넌 그래서 행복했다.
잊지 못하는 것 잃어버리지 못하는 것들
누구를 위해서가 아니라 내 자신을 위한다

지극히 낮은 곳에서 한발 물러나 생활하는 것
또 다른 어떤 모습에서 진정한 삶을 느끼고
살아간다면 우린 더 이상의 것을 바라진 않겠지요

가진 것 많지 않아도 마음이 부자
삶의 소용돌이 속에서 늘 소중하게 살아간다면
우린 슬퍼할 시간도 없이
그냥 물 흐르는 데로 거침없이 살아갈 것이다

오늘도 하루 행복한 일상
- 시 「행복」 전문

 나 자신을 사랑하지 않으면 행복할 수가 없다. 하루를
평범하게 보람 있는 삶을 위한 최선을 다하는 삶, 그냥
물 흐르는 데로 거침없이 살아가는 것, 그것이 인생이라
고 시인은 말한다. 자신의 인생을 사랑하는 삶인 것이다.

보랏빛
라일락꽃
향기가 코를 찌르고

아카시아꽃
아늑한 거리를 배회하며
지나가던 아름다웠던 길도

청명한 소리로 지저귀는
산새들이 조잘대던 길
멋진 추억이란 모습으로 담으렵니다

이별의 슬픔도 마다하지 않고
지나가 버린 세월
소중하게 사랑하며 살아가리라
- 시 「오월」 전문

자연과 더불어 살아가는 삶, 멋진 추억의 길이다. 이별의 슬픔과 덧없음도 있지만 소중하게 사랑하며 사는 것이 시인이 꿈꾸는 삶이 아닐까 한다.

셋째로 양영순 시에서는 이웃 사랑의 삶이 돋보인다. 그의 시에는 글벗은 물론 이웃, 그리고 가족과의 아름다운 동행, 행복한 동행을 꿈꾸고 있다.

딩동딩동
벗이 생각나
몇 날 며칠을 긁적인다

늘 가슴 속 깊은 곳
자연을 통해 알 수 있는
사랑의 굴레

애환, 그리움, 사랑을
하이얀 백지에
상상력을 초월한다

영원히 존재하는
오선지의 붉은 추억
글벗 사랑
- 시 「글벗 사랑」

인생은 장거리 여행이다. 그래서 먼 길을 가려면 좋은
동행인이 필요하다. 혼자서 그 먼 거리를 감당할 수는
없기 때문이다. 더불어 많은 시간이 필요하다. 사람과의
관계이든, 일이든, 지혜이든, 그것을 알고 소유하기까지
오랜 시간이 걸린다. 그래서 빨리 갈 수가 없다. 이 때문
에 좋은 이웃이 필요하다. 가족과 친구가 필요하다. 내
마음과 몸이 그들에게 깊이 의지하고 있기 때문이다. 그
들 덕분에 오늘도 무사히 길을 걷고 있다.

아름답다 그 이름
꽃이라 하더라

아무리 곱다 한들
사람꽃만 하겠는가?

꽃이 아무리 아름다워도

사람꽃이 있어야
빛이 난다고 하더이다

벌과 나비와 향기를
온몸에 가지고 있어도
사람꽃이 없으면
그 누가 알아줄까?

아름다운 마음은 풍성한 기쁨
산과 들, 사막에도 꽃이 핀다
– 시 「사람꽃」전문

시인은 사람꽃이 가장 아름답다고 말한다. 자연을 알아
주는 것은 바로 사람뿐이기 때문이다. 아름다운 마음을
지닌 존재로 사람꽃을 파악하고 있다. 따뜻한 마음일 때
사막에도 꽃이 핀다는 것이다. 그것은 어쩌면 자식을 생
각하는 어머니의 사랑이 아닐까?

가진 것은 없어도
모진 고통 참아내며
자식을 위해 일하시던 부모님!

남에게 뒤처질까 봐
몸이 부서지며
아픔을 무릅쓰고
자식 사랑 이루셨던 우리 어머니
(중략)

벌써 내가 어머니가 되어
자식을 위해 희생하며 살아갑니다

(중략)

세상의 부모님들의
일상이겠지요
- 시 「어머니」 일부

　내 인생은 어머니의 사랑으로부터 시작되었다. 그분이
계셨기에 내가 있고 또 내 자녀가 있는 것이다. 그래서
마침내 내 인생의 꽃이 핀 것이다. 그 꽃은 바로 행복이
아니었을까?

넓디넓은 바다
아름다운 섬
멀리 보이는 수평선

노오란 주황빛
노을빛이 물드는
황홀한 저녁노을

다정한 임과 함께
바라보던 수평선
행복한 모습으로
자연의 오묘함을 맛보리라

아무런 욕망도
사심도 없이
사라져가는 석양

서로의 아픔을 잊고
아름다운 노을의
황홀함을 느끼며
노을처럼 맑은 모습으로…
- 시 「노을」 전문

이제 시인은 아름다운 저녁노을을 꿈꾼다. 다정한 임과
함께 행복한 모습으로 자연을 만끽하며 살고 싶은 것이
다. 이제 욕심은 다. 이웃과 함께 서로 아픔을 잊고 아름
다운 노을의 황홀함을 느끼고 싶은 것이다.

이상에서 살펴본 바와 같이 양영순 시인의 시적 경향은
들꽃을 중심으로 한 자연에 대한 사랑, 자신의 삶을 사
랑하는 태도, 그리고 이웃 사랑을 통한 행복한 동행을
꿈꾸고 있다.
첫 시집 「꽃이 피는 날」은 그런 의미에서 인생의 행복
꽃을 피운 첫출발이라는 점에 주목하고 싶다. 지속적으
로 그의 문학적인 큰 발걸음을 기대한다. 우리의 고유의
시가인 시조에도 관심으로 도전해 보기를 권한다.
다시금 그의 건승과 행복을 응원하고 축복한다.

■ 글벗시선160 양영순 첫 시집

꽃이 피는 날

인 쇄 일 2022년 1월 21일

발 행 일 2022년 1월 21일

지 은 이 양 영 순

펴 낸 이 한 주 희

펴 낸 곳 도서출판 글벗

출판등록 2007. 10. 29(제406-2007-100호)

주　　소 경기도 파주시 와석순환로 16,(야당동)
　　　　　 롯데캐슬파크타운 905동 1104호

홈페이지 http://guelbut.co.kr

E-mail juhee6305@hanmail.net

전화번호 031-957-1461

팩　　스 031-957-7319

가　　격 12,000원

I S B N 978-89-6533-208-4 04810